나무는 발바닥을 보여주지 않는다

지혜사랑 254

나무는 발바닥을 보여주지 않는다

최종월

지혜

시인의 말

이제는 만나야 한다
할 말이 있기 때문이다

2022년 여름
최 종 월

차례

1부

2부

3부

4부

• 일러두기

페이지의 첫줄이 연과 연 사이의 띄어쓰기 줄에 해당할 경우 > 로
표시합니다.

1부

벼랑

　당신이 다 읽지 못하고 덮어둔 바다가 벼랑의 무릎을 밤새 두들기네요 무릎은 늘 욱신거려요 바다는 결코 잠들지 않으니까요 벼랑 위 샛길에서 우리 마주친 적 있지요 서로 눈길을 바라볼 수는 없었어요 길이 좁고 해안의 벼랑은 높았으니까요 서로의 발소리만 기억하지요 다 읽었나요? 나는 오늘도 우리가 읽던 그 바다를 다 읽지 못하고 덮었어요 당신이 기르는 어둠에서 뽀얀 발가락이 쏘옥 나오고 있나요? 어둠에서 싹이 트면 눈부실까요? 눈이 아려 수액 같은 물이 흐를 거예요 물이 흐르는 곳으로 발가락이 뻗네요 당신이 기르는 어둠을 보러 갈게요 바다를 다시 펼쳐 읽을 거예요

파르마콘

낮설어지는 도시에 살고 있다 오래된 일이고 지금도 낮설어진다 신갈나무 잎이 낮에도 컴컴하게 흔들린다 네 어깨를 감싼 내 손이 컴컴하다 개통을 기다리는 육교 공사장 붉은 흙은 흘러내린다 6차선 도로를 가로질러 호수에 닿는 시간이 공중에서 뒷걸음친다

비 소식이 없다 바다 건너 더 낮선 대륙에도 비 소식이 없다 기상관측소가 우울하다 저녁 일곱 시가 넘어섰다 빛이 돌아오지 않은 창문들은 침울하다 도로변 7층 스터디 카페 창은 두껍게 차단되었다 1층 카페 원탁에 마주 앉은 젊음이 나뭇잎 그늘에 지워졌다가 다시 돋아난다 스터디의 연속으로 생을 가득 메운 노학자는 눈을 뜨고 임종을 바라보았다 마지막 기록물이 없다

저녁이 불빛에 삭고 있다 간밤에 꺼지지 않은 생등심 철판구이 네온이 하품을 한다 병실 침상에 누워 바닥을 알 수 없는 저녁을 맞이하는 눈빛이다 집착이 더 아름다웠을까 먼저 버리고 그 빈자리로 슬멋슬멋 고여 드는 순응이 무채색이다 마지막 손님을 배웅한 새벽에 주인은 불 끄는 걸 잊었다

지금도 낮선 먼 풍경 속에 누군가 서성인다 버스는 교

차로에서 좌회전이다 유리창 너머 따라오는 얼굴을 응시한다 아직 빛이 돌아오지 않은 창처럼 침울하고 낯선 그리고 먼.

이름에 대한 명상

비문처럼 내 이름도 풍화작용 중입니다

가운데 돌림자가 쇠북이라 기생 이름 반열에 들어가지
못했어요
명월 춘월 애월 산월 추월
쇠북 종소리가 아름답지 않을 테니까요
조상이 불러준 내 이름이 묵은 악기같이 정이 들었어요

그대가 등뒤에서 나직하게 나를 부르면
공기의 진동으로 나는 떨리고 있어요
가슴에 품는 따뜻한 달이 이름 끝에 매달리면 좋겠어요
꽁무니에 불빛 반짝이며 캄캄한 숲속으로 사라지는
반딧불 생애도 괜찮아요

푸른 발 얼가니새는 조상 이름을 물려받았지요
소금물에 절인 물갈퀴로 새끼를 덮어주고 잠재워요
부리에 찍힌 물고기 용트림에 바다 정수리는 멍들 테
지만
그건 찰나예요
파도는 기억을 끝없이 삭제하고
같은 이름으로 살아갈 새끼 있는 곳으로 새는 날아가요

\>

묵은 악기 소리에 귀 기울여주는 그대에게
나는 마지막 연주를 보낼 거예요 그리고

홀연히 바스러지며 풍화작용은 끝이 납니다

밥알의 우화

누군가 매화나무 아래 밥을 쏟아 놓았다
매화 꽃잎처럼 둥글고 뽀얀 쌀밥 한 사발

참새 새끼들이 재빠르게 모여들어 밥상이 소란스럽다
비둘기 한 마리가 공중에서 내려앉으니
참새 새끼들이 포르르 동시에 날아오른다
청빛 깃털 반짝이는 까치 한 마리가 공중에서 내려앉
는다
비둘기도 가랑잎처럼 날아오른다

개미들은 땅속 곳간에 환하게 쌓아놓고
저녁상을 차릴 거야
조상이나 자식의 기일일지도 몰라

어머니는 죽은 아들이 새가 되었다고 믿으셨다
명복 빌고 태운 한지 잿속에 새 발자국이 찍혔단다
정성껏 씻은 밥알들을 마당 함석지붕에 뿌린 후
망부석이 되셨다
한바탕 소란 후에 밥상은 금방 깨끗해지고
어머니는 발그레 상기된 뺨으로 들어오셨다

내 제사 지내지 마라

맛있는 것 싸들고 무덤에 모여앉아 즐겁게 놀아라

공중을 날던 밥알이 허물을 벗고
새똥으로 돌아왔다
날은 저무는데
매화나무 아래서 우화를 기다리는 밥알들

어머니 유언처럼 생생하다

석공

백색 대리석에 정을 박는다

투명해도 존재하고 있는
투명해도 정수리 잎을 스치고 있는
투명해도 멀리서 서로를 생각하는 시공간 같은

냉각된 수천 년 전의 마그마가 깨어진다
부서져야 비로소 나타나는 형상
조각정을 메로 내리친다

자음과 모음이 튀어오른다
대리석은 단단하고 그 안에서 발효된
말들이 모습을 드러낸다
다비드가 걸어나온다

피에타. 세상에서 제일 큰 슬픔이 완성된다
깨어진 대리석이 토해내는 탄성이다

벽에 정을 박는다

벽지 너머 콘크리트 벽
내벽과 외벽 사이

공간을 메꾸고 있는 적막
적막을 채우고 있는 어둠

어둠을 캔다

머지않은 날
지각변동이 일어날 테고
다시 냉각의 시간이 무량하게 쌓일 거다

저녁이 밝아오면

뒤돌아보지 않고 너는 다리를 건너갔어 네가 건너가는 동안 나는 다리를 건너오는 사람들을 보았어 네가 닳은 호수에 대해 나에게 말하지 않아도 돼 마른 자갈 바닥이 드러난, 아직은 2월이라는 걸 내가 알고 있어 저무는 아침과 밝아오는 저녁들이 반복되는 걸 우리는 알고 있지 우리의 기억을 거리에 흘린 지갑처럼 잃어버려도 말이야 씻어도 지워지지 않는 얼룩진 접시에 음식을 담아놓고 너를 초대하려고 해 해바라기꽃이 흐드러진 사기 접시에 밑그림처럼 드리워진 얼룩들이 지워지지 않네 너를 생각하며 1300도 고온의 화로에서 구웠는데 꽃 위를 스친 시간들이 너무 무거워 너는 다시 돌아올 테고 덜 슬프기 위해서 어금니로 아작아작 깨물 것들을 나는 준비해 둘 거야 그것들이 경쾌한 노래를 대신 불러줄 테지 결코 우연일 수 없는 필연들 그 저녁이 밝아오면.

외투

스위치를 눌러 어둠을 켠다

새벽에 떠났다가 이제 귀가한 어둠을 만난다 내가 미완성이듯 어둠도 미완성이다 언제나 미완성인 어둠에게 내가 무슨 말을 들려줘야 한다 내가 미완성이기에 어둠은 나를 잘 따른다 누구를 만나거나 헤어질 때 꼭 해야할 말을 미완성의 어둠에게 기억시켜야 한다 9.9할이 망각으로 흘러간다 0.1할이 사금파리처럼 반짝이면? 마술같은 기적이지만 환호한다 헤어질 때는 웃어라 (눈물같은 건 싱겁다 누군가는 이미 눈물을 폭포같이 쏟아냈으니 남은 건 맹물이다 눈물 같은 건 부끄럽다 너도 너의 너도) 동화 속 삽화 같은 그림을 그려라 (유리 구두는 그리지 마라 발에 맞지 않는 유리 구두를 그리고 지우는 너를 누군가가 지워버린다) 어둠이 꽃을 피우는 계절이 어딘가에 있다 어딘가는 시간이고 공간이고 잎을 흔드는 바람이다

내 몸 치수를 다 기억하고 있는 외투를 찾아 입는다

폭설 예보

선착장으로 배가 들어온다

돌아갈 마지막 배다

바다도 서쪽으로 기울고 있다

내일은 올 들어 제일 낮은 기온이라고

뉴스 자막이 뜬다

폭설주의보가 내리고

이웃 나라 지진 해일 특보가 발표된다

조금씩 기울고 있는 선실

자막이 서쪽으로 미끄러지고

앵커의 목소리도 기우뚱거린다

점토 공작

시간을 지워보았니?

지울 때 다시 그리겠다는 생각도 지워야지

갯벌이 매일 지우는 펄의 숨구멍에서 뻐끔거리는 것들 보았니?

번개처럼, 아!

더 짧게 말해봐

그렇게 지루한 번개는 없어

골목을 휘돌아 집으로 오는 시간, 지루하다고 생각했니?

수평선이 아득하게 느껴지니?

물 바깥에서 바라보았니?

물에 발을 담그고 젖은 몸으로 수평선을 바라봐야지

해루질하는 손에 치켜든 횃불이 타오른다고 생각하지 마

\>

흔들리다가 순간에 꺼지는 거야

젖은 갯벌을 덮치며 다시 네게로 기어 오는 물결

소라 껍데기처럼 안을 비우고 귀 열어 봐

유리에 닿은 입김처럼, 지워진 흔적 무늬처럼

해무가 너를 찾을 수도 있어

어두워지거나 투명해진 너를

시간을 지우듯 네가 지워지고 있어

해루질하는 밤이네

어머니의 골목

명륜 3가 골목에 그림자 하나 지나갑니다
발소리가 없습니다
큼직한 가방이 야윈 어깨에 매달렸습니다
터줏대감 인쇄소 낮은 지붕을 밟는 달빛
발소리가 없습니다
대문 옆 흰둥이도 냄새 알고 눈만 멀뚱거립니다
키 낮은 그림자 따라온 달도
불 밝힌 교회 빈 뜰에서 기도 중입니다
뜰로 나온 그림자들 하나둘 골목으로 사라지고
교회당 불 꺼진 지 오래되었습니다
낮은 그림자는 보이지 않습니다
졸린 눈 비비던 달빛도 돌아간 후
교회 문은 소리 없이 열립니다
키가 더 낮아졌습니다
새벽빛이 귓속말 옹알대며 현관까지 동행합니다
발소리가 없습니다
성경 가방 메고 새벽 골목 지나가던 그림자
이젠 보이지 않습니다
오래되었습니다
달빛만 심드렁히 골목을 서성이고 있습니다

쪽배

엄마는 늙었다

오래전에 이미 늙었다

신호등은 파랗고 나뭇잎도 파랗다

아이 신발에서 뱃고동이 울린다

조각배처럼 뒤뚱거린다

엄마가 우산 같은 양산을 펼친다

낡은 꽃잎들이 매달렸다

바다로 달리려는 아이를 오른손에 잡고

빨리 달려가지 마.

무지개 빛깔 모두 물이란다

아슬아슬하게 교차로 끝을 밟을 때

>

엄마는 다시 늙었고

신호등 눈알도 충혈된다

국자 생각

끓는 냄비 안으로 들어간다

우물 깊이 두레박이 내려가 하늘 길어 올리듯
망설임 없이 묵묵히 퍼 담아준다
두레박이 품은 서정이 국자는 없다고 생각하지 마라
하늘이나 별, 구름이나 달이 아닌 것은 서정이 없을까
가슴으로 담아준 것이 목젖 적시며 넘어가는 소리

입이 없는 나는 즐겁다

얼음 둥둥 뜨는 냉채 안으로 들어간다
잠시 가슴에 품었다가 내려놓는다
노랑 빨강 파랑이 유빙으로 맴돌고
휘리릭 휙
투정 없이 유리그릇은 환하다

종일 비어있는 가슴이다

내 품에 안겼다 떠난 것들
아주 짧은 시간에 품었던 것들
지금 멀다
방금 지나간 바람에 공작단풍잎이 몸을 떤다

흔들리지 않는 나는 가슴을 연다

시. 외면하기

시 쓰기보다 더 재미있는 일 뭘까
시 쓰기보다 더 행복해지는 일 뭘까
외면한 척
밥맛이 예술이라고 억지도 부렸고
누군가 용서하기도 예술이고
누군가 사랑하기도 예술이라고 맹렬히 우겼지
그렇게 살아보았지
지금, 카페 구석에 앉아
벽돌로 장식된 붉은 벽 등에 지고
노란 HB연필로 쓰고 지우고
지운 자리 남은 흔적에 또 쓰다가
달콤한 바닐라 아포가토 한 스푼 떠 먹는데
쓸쓸한 이 맛은 뭘까
쓸쓸한 이 시는 뭘까

꽃이라 불러도 될까

브래지어 훤히 보이는 실크 블라우스 입은 신입교사가 말한다 꽃이 시들 때는 버리는 게 꽃에 대한 예의예요 책상 위 카네이션을 움켜쥐더니 쓰레기통에 던진다 아직 더 봐도 되는데. 그때 내 생각이었다 당당하던 그 얼굴이 흑백사진 배경 뒤로 사라지고 문장만 남아 꿈틀거린다 젖무덤에 서려 있던 새벽 해무를 기억하고 있을까

톡. 톡. 간헐적으로 물방울 떨어지는 동굴 속으로 한 여자가 흘러가고 있다
빛나는 건 모두 별이고 그 별이 되고 싶었던 여자가 젖고 있다

예뻐? 동그란 거울을 눈앞에 대준다 미소로 답한다 입 밖으로 나오는 언어를 모두 분실한 여자는 눈만 끔벅인다 하얗게 지워져 버린 시간에 암막이 드리워졌다

시드는 게 아니라 멀어지는 꽃을 알고 있니?
쓰레기통으로 던진 카네이션의 눈빛을 읽었니?

지금 문고리 만지작거리는 한 여자를 꽃이라고 불러 준다 첩첩산중 별들이 더 빛난다 적막한 저 미소를 꽃 잎의 떨림이라 부르고 싶다 시드는 꽃에 대한 예의를 지키지 않으련다

2부

부재중

나는 목소리를 내지 않았다
너도 목소리를 내지 않았다

−지금은 전화를 받을 수 없습니다

내 목소리가 아니다
네 목소리가 아니다

나 대신
너 대신
대답해 준다

−다시 걸어 주세요

생각해 보고, 다시 전화하라고
빗소리처럼 혼자 웅얼댄다

벽 너머

알아듣지 못하는
그레고르 잠자*의 방

>
창밖에 안개가 흐른다

* 카프카『변신』의 주인공

별똥별

입관 체험하실 분 손 드세요

나는 겁이 많고 그는 당당하다
어둠에 대해 늘 생각하고 시로 쓰는 나
그러면서 캄캄한 세계를 두려워하는 나
죽음 체험도 심장이 떨려 물러나는 나

내가 나를 모르고 살았다
죽음은 언제나 안아줄 수 있는 오랜 친구라고 말했다
관 뚜껑이 열리고 그는 성큼 들어가 눕는다
어둠에 잠긴다

우주 장례 마치고 3시간 후
상공에서 산골하는 별똥들이 비처럼 쏟아지네요
울지 말아요
입관 전까지만 눈물을 보여야 해요
이미 이곳은 비어 있어요
거울 앞에서 제 얼굴에 흐르는 눈물은
왜 닦아주지 않을까요
1g짜리 캡슐에 담겨 몇 달간 지구궤도를 돌다가
반짝. 찰나에 반짝.
그리고 별똥별이 돼요

\>
뚜껑이 열린다
그가 관 밖으로 나온다
티끌 같은 발광체가 떠도는
아득한 공간
지상의 한 모롱이에서 깜박거리는 별

아직
나는 관 밖에서 서성대고 있다

술 항아리

책꽂이 가운데 술 항아리를 올려놓았다

꽃집 주인 김 시인이 옹기토로 빚었다

항아리 겉에 원고지를 만들어

'꽃'이라는 내 시를 적어 구웠다

초벌에서 꽃망울이 맺힌다

다시 1,300도에서 꽃이 피더니

디오니소스 옆에 앉아 술을 빚는다

흰 벽은 빈 술잔 들고 기다린다

항아리 속

보글보글 두견주 괴어오르는 소리에

밤이 뒤척인다

그림자가 명령한다

어디까지 길어질 수 있는지
그림자는 끝내 알려주지 않는다

모래에 생채기 내지 않고 앞서 걷더니
정수리부터 가슴까지 바다에 잠겨 출렁인다
물에 잠긴 그림자는 얼굴을 지운다

지워지는 것은 껍질이다

뒤 따르는 내가 생채기를 낸다

돌아서는 나를 그림자가 뒤뚱, 뒤 따르고
발자국은 거꾸로 겹쳐지며 골이 깊다

내 신발은 젖었지만
그림자는 젖지 않았다

그림자가 내게 자유를 명령한다

몸살이 시작된다
아직은 이른 봄의 꽃나무처럼.

낙타는 무릎을 꿇어야 잠들 수 있다

소금블록 싣고 행군 중이야 밤을 만나기까지 더 걸어가야 해 물기 한 방울까지 다 토해낸 소금은 정제되기까지 몇백 번 뒤집혔지 낮은 곳으로 흐르는 물처럼 등뼈가 내려앉고 있네 사막의 지평선은 자꾸 지워져 끝이 보이지 않아 바람을 삼키고 바람을 뱉으며 바람으로 되새김하며 걷는 거야 이상하지 그림자들은 누운 채 외길로 따라가고 있어 어둠이 비처럼 내려 그림자를 재우면 소금블록 내려놓고 무릎을 꿇어야 해 눈 뜨기 전 오늘 만든 외길은 지워질 거야 마른 풀 먹고 두 줄의 눈썹을 감고 잠들어 등뼈도 무릎도 아프지만 무릎 꿇는 일이 더 힘들어 때로 사흘 밤낮을 잠들지 않고 걷지만 무릎 꿇는 일은 혼자 할 수 없는 일이야 그림자 위에 엎드려 잠이 들지 새벽이 되면 다시 무릎 세우고 넓은 발가락으로 외길을 만들 거야 밤이면 지워지는 길을.

지금 네 잠은 어떤지

어디에 누웠니? 짧고 보드라운 네 털로 가슴 끌어안고 잠들었는지? 나를 바라보던 동그란 눈 감고 네가 누운 섬, 그곳 잠의 나라. 거기가 사막마을이 아니기를 바래 지금 잠의 문고리를 잡고 달그락거리며 널 생각하고 있어 정말이야

초지대교 지나 커다란 섬 강화에서 너를 만났어 살금살금 다가왔지 바짓가랑이에 등 비비며 빙글 한 바퀴 돌더니 발 앞에 편히 누웠어 어쩌자는 거냐 섬 밖으로 따라오고 싶니? 운전석 옆문을 열자 나보다 먼저 올라타는 너를 웃었어 잠시 후 내려놓고 우리는 찻집으로 달렸지

시를 얘기했어 시는 너보다 더 이상해 어쩌자는 거냐 어디로 가고 싶은 거냐 비명을 지를까 몽돌처럼 동그랗게 노래 부를까 내 발 앞에서 길게 모로 드러누워 쳐다보던 네 눈은 2/3가 바다인 지구였어 밀려왔다 밀려가는 말. 시. 다시 보니 물이더군

허리 굽힌 내 머플러를 움켜잡은 발톱들 송곳보다 날카로운 네 발톱 마침내 야옹

사막마을을 지나는 바람무늬는 끝이 없네 어제와 어제

의 어제 또 오늘과 오늘 다음 오늘

　낮보다 밤이 더 길어졌네 아침이 오기까지 기다리는
시간이 너무 멀어 자야 해 초지대교를 건너왔는데 아, 여
기도 섬이야 서로 등을 비비며 잠드는 곳이야

　지금 네가 누운 곳은 따뜻하니? 네 잠은?

우리 어느 별에서 왔나

호수 물이랑은

하늘 어디로 날아가 머무르나

지상 어디에서 우리 다시 만나나

보고픈 별의 먼지*끼리

스치는 허공

그 순간

잠들지 않은 호수에는

별들의 신생아가 반짝

눈 뜬다

*『시간의 의자에 앉아서』(위베르 리브스)에서 인용

운동화를 씻는 동안 비가 내리다

　돌멩이에 부딪혀 멍든 신발코가 항상 앞에 섰다 산딸기 애기똥풀 제비꽃 노란민들레꽃 지나온 숲길을 기억한다 비눗물 속으로 들어간다 동여맨 끈 풀고 싹싹 문지른다 지워지지 않는 것도 있다 흙먼지가 켜켜이 배수구로 빠지다가 머뭇거린다 뒤돌아 본다 흘끔거리다 사라진다 내가 모르는 저들만의 비밀을 품고 사라진다 끝끝내 발설하지 않고 영영 떠나간다 아니, 나만 알고 저들은 결코 알 수 없는 것들도 무심한 척 배수구로 흘려보낸다

　예보도 없이 창밖에 비가 내린다

해가 강을 건너는 중이다

물장구 치며 강 건너 바위에 닿아 바라본 하늘
빨강이다가 까망, 노랑이다가 투명체 원형
불볕에 달궈진 너럭바위에 엎드려 뱅그르르
유년은 몇 바퀴씩 맴돌았다

강바닥에서 건져 올린 소년이 내가 본 첫 주검이었다
절터로 올라가는 산 중턱 동굴에 엄마 여동생 소년이 살
며 구걸하러 다녔다 아들보다 몸집 작은 엄마가 늘 앞장
섰다 송사리 떼처럼 아이들이 헤엄칠 때 "먹은 게 없으니
물에 들어가지 마라." 소년은 엄마 손 뿌리치고 강으로
들어가 해 진 후에도 나오지 않았다

청년들이 강바닥을 뒤져 소년을 건져 올렸다 남색 교
복 입은 나보다 서너 살 어린 소년의 때 절은 옷만 돌 위
에 오도카니 얹혀 있었다 옥수수 나눠 먹자고 눈앞에 내
민 엄마 손을 외면하던 아들이 벗어놓은 컴컴한 옷

한동안 해가 뱅그르 돌지 않았다 강은 고요했고 아들
옷 속으로 들어간 엄마는 다시 나오지 않았다 마을에서
도 보이지 않았다

우듬지부터 허옇게 마른 주목 껍질이 허공을 한 아름

품에 안고 섰다 눈 아래 까마득히 골짜기를 휘돌아 사라
지는 강의 등뼈가 지는 햇살에 잘게 깨어진다

　아직 해가 강을 건너는 중이다

붉은색에 대하여 1

휠체어에 앉아 현관을 나섰다 그녀는

엘리베이터 안으로 밀려들어가 하강한다 밖은

은행나무가 황금색 폭죽을 천지에 터뜨리고

복자기 나무는 꽃불이 한창인데

방금 나선 현관으로 다시 들어서기 어렵다는 걸 모른다

바퀴 네 개가 세상 모르고 잘 돌아간다

가장 좋아했던 낱말을 바구니에 가득 담고

가장 사랑했던 사람이 찾아가 문을 두드려도

고요하게 홀로 파문 찰랑일 뿐이다 그녀는

어깨 덮은 담요가 더 붉어진다

붉은색에 대하여 2

움벼 돋아나는 논바닥

지금 수혈이 한창이다

객토된 봉분이 붉고

먼 산지에서 따라온 바람이

봉분 사이를 서성이며 다독인다

모래가 흘러내린다

희끗희끗한 머리카락

휠체어에 앉으신 어머니가 멀어진다

붉은 도포를 덮고 있는 논둑으로.

초대 받은 날

초대 받은 날인 걸 잠시 잊거나 자주 잊었다

풀밭에 앉아 쑥을 뜯는다
연한 쑥 줄기를 싹둑 자르는 모순
하늘 보며 편안하게 숨 쉬는 자유
살구나무에 꽃등이 매달리고
목련꽃이 별이 되어 내려오고
조팝나무 두 팔 벌려 함박 웃는다

이 땅에서의 삶은 꽤나 저렴해*

살아가는 건 걸어가는 거다
햇살을 꼭 안아주는 거다
끊어진 통화
그 다음을 기쁘게 적어 보는 거다

지구의 봄날에 초대 받은 지금
경사진 풀밭에 주저앉아
엉덩이로 우주의 별 하나를 밀고 있다
만난 적 없는 행성의 먼 그대에게
초대장을 띄운다

* 비스와바 쉼보르스카 시 「여기」에서 인용

아직은, 이라고 했나요?

어떠신가요? 그가 내게 물었죠
빗골짜기가 깊어 발이 질척거려요
주름진 내 안의 수렁을 탐색하고 오셨군요
내가 볼 수 없는 골을 샅샅이 뒤진 후
아직은, 이라고 했어요
햇살은 진료실 바닥에서 그림자놀이를 하고요
정오.
빨랫줄에 흰 홑청 펄럭이는 소리를 떠올렸지요
바람이 불어요
흰 살과 흰 살이 등 부딪치며 푸드덕거리고
흰 뼈와 흰 뼈가 관절 부딪치며 수군거려요
아직은 아직은, 이라고요
많이 걸었나 봐요
들판 가운데 구불거리는 길이 등 뒤에서 흔들리네요
우리 아직 만나지 못했지만
당신이 오고 있다는 예언을 들었어요
어느 신호등 아래 멈추고 섰는지 알 수 없어요
빨강 아니면 노랑인가요?
내 발소리는 들리나요?
당신 발소리를 내가 듣지 못하고
내 발소리를 당신이 듣는다면
우리 서로 어긋나지는 않겠지요

어떠신가요? 다시 내게 물어 보세요

아직은요.

느리게 아주 느리게

해는 야윈 꼬리를 내리고

쇠기러기 떼 깃털 맞댄 채

고요를 앙 물고 서서

느리게 아주 느리게 밤을 준비한다

오래 묵은 이별이듯

바라보는 서쪽

살얼음 딛고 서서

눈발처럼 포개지는 어둠을 덮는다

선 채로 꿈꾸는 밤이 다가온다

3부

먼지 한 됫박

외투를 걸친다
먼지들이 좋아라 날뛰고 있다
겨울 햇살이 뚫은 빛의 터널 안에서 아우성이다
나와 동행했구나
함께 잠들었구나
꿈도 같이 꾸었구나

흩날리는 먼지들은 내 평생에 몇 됫박이 될까

잎 떨군 나무들이 지켜보는 산그늘 돌다가
다시 빛 속으로 내 영영 돌아오지 않으면
일생 동안 흩날린 저 먼지들 어쩌나

아직 싹 틔우지 못한 말
아직 마르지 않아 질척이는 발
허방 디딜 때 깨어진 무릎
아직 지워지지 않은 얼룩

나만 졸졸 따라다닌 저것들 돌아오지 않으면
빛 속으로 돌아오지 않으면
그만큼 우주 어딘가 한 됫박 공간이 투명해질까

>
지상에는 햇살 찰랑이는
적막한 공간이 한 됫박 생길 거야
그럴 거야

등

살얼음 덮인 개울 한가운데

허리춤까지 물에 잠긴 줄풀들

힘없어 허리 굽힌 게 아니었다

바람에 부러진 건 더욱 아니었다

둥글게 구부린 등으로

차례차례 칼바람을 넘기고 있었다

살얼음 밑 굵은 줄기를 보았다

가던 길 멈추고 돌아서

한참 바라본 뒤에야 알았다

주상절리

섬이 그리운 건

저만치 홀로 서 있기 때문이다

늘 그 자리에 머물기 때문이다

더 그리운 건

내가 이 자리에 그냥 있기 때문이다

절벽으로 머물러 바라보기 때문이다

그녀는 야맹증이었다

841번 종점 가로등이 멀리서 멀뚱거리고 발 밑이 컴컴하다 걸려온 전화를 받으며 좁고 험한 인도를 걷는다 앞에 걸어가는 아가씨가 오른손을 내리더니 핸드폰으로 내 발 앞을 비춘다 아가씨 앞보다 내 발 앞이 더 밝다 터널 속을 걷듯 조심하며 땅에서 솟는 빛을 따라 걷는다 종점 가로등에 이르러 통화가 끝나 고맙다는 인사를 했다

"제가 야맹증이 있어요."

분명 빛은 내 발등에 더 쏟아졌다 진단 받지 않은 내 안의 야맹증에 빛 한 줄기가 솟는다

껍질 깎는 동안

붉은 길이 쟁반에 길게 드러눕는다 길의 끝에서 아스라이 길이 다시 일어서고 차마고도 자갈길 돌아가는 발굽에 길은 몸을 뒤척인다

낙타의 긴 속눈썹에 모래가 쌓인다 모래를 털어내지 못해 점점 깊어지는 눈빛

마지막 한 점, 꽃이 허공으로 몸을 던질 때 겹겹 걸어 잠근 방안에서 씨앗이 깜깜하게 여물고 대문밖에는 천둥이 몇 차례 곤두박질쳤다

과도를 쥐고 심호흡을 한다 붉은 길을 돌아가다가 잠시 멈추고 내려다본다 길은 그대로 벼랑이고 다시 일어서는 길

속살이 창백하다

수몰, 그 후

물속 마을 그 집

창문이 열리고

내가 수없이 여닫던 계절

기웃거리는 구름 한 떼

저물녘 기러기 떼

마을을 깨우던 바람 같던

그 물소리

그 흔들림

얼굴 하나 떠오르는데

송사리가 빗금을 긋는다

강물이 파. 르. 르. 떤다

>
얼굴이 멀어진다

빗금 아래서 지워진다

창문이 닫힌다

파편을 깨물다

왼쪽 윗입술 안쪽을 깨문다

왼쪽 윗입술 안쪽이 깨물린다

은밀한 기억들이 흘러나오고

붉은 잎으로 다독인다

어디 숨어 있었나

왼쪽 윗입술이 부풀어 오른다

달 달 무슨 달

달 달 깨진 달

누군가 달 뒤쪽에서 징을 박는구나

홀연히 몸 밖으로 뛰쳐나오는

입안에서만 소용돌이치던

>
붉은 말, 말씀

달의 반쪽이 깨어진다

어금니 틈에서 신음도 뱉지 못하는

파편들이 술래잡기를 한다

꼭 꼭 숨어라

마침내 흘러나온다

어, 동반 탈출이다

해

거울 속으로
첨벙
해가 빠졌다

파문 하나 없다

거울이
깨지지 않았다

해가 살아있다는
전문이
지금도 날아온다

고삐

구름이 무겁다 접은 우산을 철봉대처럼 움켜쥔 남자
가 구름 아래를 달린다 켜켜이 쌓인 시간을 등에 업고 휘
청인다

호수 한가운데 분수가 치솟고 아이가 손뼉을 친다 청
둥오리가 매끄럽게 헤엄친다 공원과 호수는 둥글다 남
자가 둥글게 달린다

탯줄이 잘려나간 후 울었어요 탯줄은 잘라도 통증이
없잖아요 왜 울었는지 모르겠어요 자동인가 봐요 지금
도 울 때가 있어요 그럴 때도 자동이에요 엄마 자궁에서
익숙해진 맥박 소리가 멈출 때 저 호수보다 더 크게 입
벌리고 와락, 울어버렸어요 매달릴 고삐를 다시 찾는 게
두려웠어요

고삐를 당긴다 '살아있음'에 대해 투명한 고삐를 걸어
놓고 구호에 맞춰 달린다 고무줄 당기듯 달리다 멈추기
를 되풀이한다

팽팽한 줄 당기기다 야윈 다리가 흔들린다 머리에 얹
힌 구름이 어두워진다

>

빗방울이 떨어진다 우산을 펼치고 원형의 공원을 빠져
나간다 오늘은 무승부인가 등에 업힌 시간을 받친 손아
귀에 힘을 준다

비는 우산 처마 끝에서 추락 예행연습이 한창이다

젖다

빗줄기가 호수 품으로 파고 든다

막무가내로 파고 든다

시치미 떼고

문 앞에서 고개 숙인 청둥오리

물속에서 발만 쉴 새 없이 서두른다

하나의 풍경이 되는 길은

같이 젖는 일이다

아버지 주머니

벽에 걸린 아버지 윗옷에 붙은 큼직한 주머니가 눈에 선해요 바지는 기억에 떠오르지 않고요 개학을 앞두고 다시 서울로 올라올 때 아버지 큰 손이 벽에 걸린 주머니로 들어가더니, 올라갈 때 맛있는 것 사 먹어라. 내 주머니가 무거워졌어요

막걸리 드신 날에는 아버지 발소리보다 노래가 앞장섰어요 '석탄 백탄 타는데, 요 내 가슴도 타고요⋯' 꼬물꼬물 자고 있는 어린 우리를 하나씩 깨워 노래 부르기를 하셨지요 퇴근길 골목 끝에서부터 들려오는 아버지 노랫소리가 한두 곡 줄었을 거예요

창을 흔드는 바람에 아버지 노랫소리가 실려 오네요 벽에 걸린 큼직한 주머니가 보이지 않아요 내 손을 넣어 묵직하게 해드리고 싶어 천지를 휘둘러 봐도 보이지 않아요 아버지 웃음소리만 어디선가 들려오네요

허 허

까치는 사람보다 자동차를 따른다

사거리 신호대 위 안내판이 높다 까치 한 마리가 날아올라 꼭대기에 살풋 앉아 내려다본다 횡단보도에 파란 불이 켜진다 사람들이 바쁘게 움직인다 까치는 꼼짝 않고 흑백 건반 밟는 사람들을 지켜본다 다시 빨간 불이다 차들이 세 갈래로 움직이기 시작한다 깃을 슬쩍 올린 까치가 좌회전 차량을 따라간다 차선을 넘나들지 않는다 사람보다 자동차가 진실한가? 목적지를 향해 달려가는 자동차를 따른다

카페 2층에서 내려다본다 옆 테이블에 앉아 큰 소리로 웃던 사람들이 교차로 파란 신호를 기다리고 섰다 여전히 떠든다

오후

참나무 한 그루 골똘히 생각에 잠긴다

제 잎 닮은 그림자들 소복하게 불러 모으더니

도란도란

머리 맞대고

가슴에 서로 머리를 얹고

머리에 머리를 서로 기대고

그림자 빛깔로 물들어 가는 걸

산책하던 바람이 멈추고 지켜본다

채탄 계장

장래 희망이 채탄 계장이라고 적은 소년, 그때 중학생, 지금은 이마에 굵은 주름골 패인 가장이 되었을 거야 뚜벅뚜벅 골목을 걸어 현관문 열고 있을 테지

아버지가 광업소 채탄 반장이던 소년, 그래서 아버지의 상사인 채탄 계장이 희망이었지 태백산 자락에서 올려다 본 준령 꼭대기가 채탄 계장의 얼굴이었을 거야

지하에 매몰된 식물들이 시커먼 물성이 되기까지 시간은 층층이 쌓여 퇴적암이 되었지 아버지는 번질거리는 암석을 채탄기로 뚫었어 동발 메고 좁고 낮은 갱도를 걸어 막장으로 향했지 갱도가 무너지지 않도록 천장을 받쳐주었을 아버지는 소년의 장래 희망을 든든하게 받쳐주었지

그때 산바람을 막아주던 준령이 지금 산그늘 두텁게 마을을 덮었어 채탄 계장이 되고픈 꿈은 매몰되었지 폐광으로 마을이 텅 비었어

아버지 어깨에 얹힌 동발을 대신 메고 지상의 어느 갱도를 걸었을까 현관문을 열고 붉은 칸나를 바라보고 있을 테지 아직 매몰되지 않은 넝쿨들이 어우러진 뜨락을.

4부

나무

마지막 타종이 울리기 전

나무는 누구에게도 발바닥은 보여주지 않는다

바람에 흔들리는 건

나무의 가녀린 손가락들이다

잎과 잎 틈새

절벽과 절벽 틈새를 휘젓다가

등으로 기어오르면

나무는 고개 숙여 가슴을 안아준다

팽나무가 있는 자리

그림자가 야위었네

등 뒤 야윈 그림자에 유모차를 실었다 구부리지 않고 허리 펴려는 걸까 낙엽 밟는 할머니 머리 위에서 구름 몇이 조용히 지나간다 뒤꿈치 들고 어디로 향하고 있다

녹이 슬었네

서서히 산화된 자국이 부정형 상처로 남았다 시간의 발자국이 어둡다 할머니보다 유모차가 먼저 무릎 꿇고 주저앉을지 몰라 할머니의 상처는 보이지 않는다 깊을수록 드러나지 않는 것들

심해에는 파도가 없잖아
물고기 눈은 퇴화가 거듭되는 중이야
의사는 돋보기가 필수인 내 눈이 퇴화 중이라고 했어

녹슬지 않는 곳을 찾았네

팽나무 보호석에 한 친구가 앉아 있다 둘이 엉덩이를 붙인다 아주 익숙하다 먼저 기다리던 할머니가 누런 증명사진 한 장을 내밀자 왼쪽 오른쪽 둘이 머리 붙이고 돋

보기 렌즈 조절한다 곧 고정상태다

  아들 대학 다닐 때였어 너무 일찍 갔어
  두 할머니는 증명사진에 이마가 닿도록 고개를 숙인다
  리플레이 내일도 리플레이

  어디까지 가고 있나?
  언제쯤 돌아오나?

검지 손톱과 놀다

　나는 칼질이 서투르다 유명 쉐프의 칼질법을 습득 후 왼손 엄지를 나머지 네 손가락으로 감싸고 조심스레 오이를 썰다 결국 칼날이 검지 손톱을 슬쩍 스치고 만다 패인 손톱이 불편해 매니큐어를 바른다 빨강을 덧칠하고 바라본다 못난 손톱이 갸름하고 예뻐 보인다 환하다

　손가락으로 여기저기를 가리켜 본다 빨간 등불 켜고 세상을 가리켜 보니 재미있다 내가 가리키고 있는 앞길이 환해지고 나는 환한 길을 걸어가면 된다 오른손 검지 손톱도 빨갛게 칠한 후 두 검지로 여기저기 가리킨다 내가 웃고 있다

　하늘 해 구름 새 꽃 나무 추억 나 너 교차로 신호등 수어 만나다 말하다

　불 켜진 검지 손톱과 놀고 있는 대낮
　창 너머 사거리 산딸나무꽃이 창백한 얼굴로 보고 있다

　웃지 않는다

바늘쌈지

비녀를 빼고 흘러내린 긴 머리를 빗으시며
– 머리카락을 넣으면 바늘이 녹슬지 않아
떨어진 머리카락을 모으시며 말씀하셨다
꽃송이 올망졸망 핀 천으로 감싸고
초록 털실 여러 겹 꼬아 꼭지까지 달았다
황소바람 못 들어오게 미리 꿰매두라고
심장 모양 바늘쌈지를 만드셨다

엄마 머리카락이 감싸고 있는 바늘 뽑아
실밥 끊어진 옆구리를 박음질한다
꽂아 놓으신 바늘이 지금도 빛난다
꽃송이들이 시들고 있다

40여 년이 흘렀어도 쌈지 속 머리카락은 검다

꿰매야 할 곳 많은 내 생애를 미리 내다보셨다

메뚜기를 문상하다

순간 정지를 예감한다

아침 산책길에서 누군가의 뒷굽에 밟히는 순간
세 개의 홑눈은 셔터를 내리고 어둠으로 추락했을 테다
파르르 떠는 겹눈, 지상의 고통은 찰나일 테다
고속 스캐너가 메뚜기와 어머니를 스캔한다

40만 년 후
화석인류의 손바닥에 올려진 메뚜기 한 마리
아침 햇살 틈에 끼였다는 걸 밝혀낼까
점막 하 박리술로 고약한 세포를 회 뜨기 했다는 건 밝
혀낼까

지금도 편히 주무시나요, 어머니
백 년 넘게 당신이 눈꺼풀 여닫은 횟수는 무량해요
마지막 눈꺼풀 차갑게 닫힐 때
국화동자 금속 못이 어둠을 깨물고 싸늘하게 침잠 중
가라앉은 고택의 대문이 더는 열리지 않았어요

펴지지 않는 주먹처럼 생生의 끝은 완강하다

퇴색되어 무늬로만 어른거리는 영상 속

내 안의 뼈들이 따끔거린다
세상으로 나온 뼈들은 봄눈처럼 삭아내리고
허공이 날개의 그림자를 살포시 누른다

아침 햇살 틈에서 순간 정지

추락은 완성되었다

문패

나뭇조각에 이름을 새겼다
아침에 들여다보니 글자는 사라졌다

강물 위에 이름을 썼다
손을 떼는 순간
글자는 멀리 흘러갔다

모래사장에 이름을 적었다
슬그머니 기어온 파도
손바닥으로 지우고 돌아섰다

산마루 넘어가는 구름조각에
문패 하나 슬그머니 올려놓는다

웃는 듯 우는 듯
빗방울이 떨어진다

인사하는 여자

아내의 어깨걸이 끈을 남편이 살짝 붙들고 뒤따른다 저녁의 호수공원을 사람들이 돌고 있다 눈이 마주치지 않아도 걸어오는 사람이 보이면 아내는 큰 소리로 인사한다
  ─ 안녕하세요? 안녕하세요?
  노래 부르듯 높은 음 도돌이표

남편이 어깨끈을 슬그머니 당긴다 아내의 걸음이 잠시 주춤한다
  ─ 그만해
  낮고 힘이 실린 목소리다
  ─ 나, 자꾸 인사하고 싶단 말이야
    안녕하세요? 안녕하세요?

두 번째 인사는 음정이 한 단계 올라간다 사람들이 웃으며 고개를 끄덕이거나 같이 인사한다
  ─ 네. 안녕하세요? 건강하십시오

호수 가운데 물레방아가 돌아간다 음악분수는 멈춘 시각이다 작은 분수는 낮은 높이에서 산산이 부서지며 쏟아진다 내달리지 못하게 어깨끈을 잡은 남편이 반걸음 뒤에서 조용히 걷는다 아내의 아장걸음에 맞추며 영원히 그러할 듯이 함께 저물고 있다

어쩌나

툭,

누군가 어깨를 쳤다

벚꽃 잎 하나가 한 발짝 앞에 살포시 앉는다

봄날인 듯 꿈속인 듯

나를 건드리는 무량한 꽃잎의 무게

허공이 저리 꽃범벅인데

어쩌나

상수리 나무가 쓰러진 날

30년 넘은 상수리 나무가 링링*에 쓰러졌다

아버지는 그렇게 쓰러지셨다

뿌리가 솟구치는 동안에도 바람은 드세게 몰아쳤다
찢긴 속살이 갈대처럼 솟았다 붉다
그림자를 베고 길게 누웠다

둥근 톱날이 휘돌며 목질의 시간을 파고든다
겹겹 둘러친 원형의 장막이 걷히자
밀봉된 아버지의 연대기가 펼쳐진다
넓게 때로 좁게 속으로 흐르는 강
은밀한 바닥을 손으로 읽는다 쓰라리다

흐르는 건 모두 부드러운 줄 알았다

중심으로 다가갈수록 어두워진다
십자 모양이 한가운데 깊이 파였다
틈새에 박힌 말씀이 새어나온다

아버지의 생生은 언제부터 금이 가기 시작했을까

\>
동상으로 갈라진 발꿈치가 수피 가득 찍혔다

뿌리를 드러내야 하는 순간은 절망, 아니
완성이라고 부르고 싶어요

말발굽 소리 멈춘 먼바다
고요한 섬에 풀 먹는 소리 사각이고
아버지 굳어진 혀가 말씀을 시작하신다

쓰러지며, 바람 소리로 노래 부르셨군요
쓰러지며, 까칠한 수염을 허공에 문지르며
노래부르셨군요

지금
바람이 허리 굽혀 문상하고 있다

* 2019년 여름 태풍 이름

어디서 기다릴까

소리를 내지는 않는다

해가 서녘 산마루를 넘어갈 때 울컥

눈망울만 벌겋게 출렁인다

숲은 더 고요하다

밤송이가 소리없이 여물었다

수액 길어올리는 소리를 내지 않는다

닭울녘에 귀 기울이면 흐르는 소리가 들린다

물인가

물그림자인가

물에 젖은 시간인가

새벽빛이 흐르는데

\>

나인가

나의 그림자인가

어디서 우리 만날까

들녘

제초기 지나간다

들풀은 피를 흘리지 않는다

가슴으로 토해내는 함성을

지하의 뿌리가 끌어모은다

집어등이 된다

빛으로 모이는 함성이

마침내 꽃으로 터지는 날

쓰러진 풀잎 밑

개미 대열

천지개벽에 놀라 숨죽인다

한파주의보

마른 잎 하나가 방충망에 매달렸다
아침 기온 영하다 잎맥이 훤하다
바람이 목마 태워 내게로 데려왔다

물의 길
빛의 저수지
천둥의 유적지

잎의 가장자리에서 사라졌다
매몰된 곳이 어딘지 찾아 떠나온 길
잠시 내 곁에서 머무른다
몸 안으로 스며든 길은 만날 수 없다

방충망 가운데로 손을 뻗는다
겨우 손가락 끝이 닿자 모래 밟히는 소리를 낸다
서로 잡을 수 없는 손
잠시라도 방안에 머무르게 하려는 나의 손길을 거부
한다

보름 동안 머물고 인사 없이 떠났다
올 때처럼 떠나는 걸 볼 수 없었다
한파주의보가 연일 수신 중이다

푸른 날에 잎이 품어준 매미들 떼창
바람이 대신 창밖에서 열창이다

먼 불빛 몇 개가
날 새도록 불면증이다

수유

겨우내 난방을 하지 않은 방

불도 켜지 않은 방

상자 안 감자가 새끼를 낳았다

혹한의 어둠에서

어금니 물고 산고를 겪었다

도토리만 한 새끼 감자가 뽀얗다

몸통 전체를 뒤덮은 골짝들

새끼 감자 손 꼭 잡고 매달린

별 하나

씨감자는 수유 중이다

등이 푸른 날

봄날에 나는 등이 가렵다

무너져 내리는 꽃잎 사이로 헤엄치다가
등 푸른 물고기 되어 지느러미 휘날리며
꽃잎 분분한 허공에서 왈츠를 추고 싶다

노랗게 벙근 개나리에게 정중히 인사 올리고
흩날리는 꽃잎들 등에 태워 꽃그늘 휘돌다가
은백색 보드라운 뱃살로 제비꽃 정수리를 스치며
까르르 깔깔. 배 문지르며 한참 웃고 싶다

봄비에 샛강이 꽃망울을 터뜨린다
수천 송이가 동시에 피어나 종일토록 떠나가는
물의 지느러미들
작은 마당으로 기어오르다 아득히 멀어지는
먼, 그 바다를 찾아갈 수 있을까

새떼가 현란한 군무로 아우성치고
파도에 벼린 부리로 푸른 등 기다리는데
그래도
담 낮은 집이 바라보이는 바다에서 잠수하고 싶다

>

봄날에 나는 등이 가려워
푸른 지느러미를 하늘에 담그고 싶다

투명한 고삐의 현상학 現象學

유종인 시인

투명한 고삐의 현상학 現象學

유종인 시인

1. 굴착과 존재

인생의 모든 존재 대상은 그 형상形像 자체로 영원하지 않다. 존재는 변화라고 하는 무한 증식과 무한 소멸의 과정에 놓여있다. 모두가 인식하는 바와 같이 숨탄것들은 영고성쇠榮枯盛衰의 어느 중간쯤 아니 그 모든 와중渦中에 놓여 있기 마련이다. 이 간명하고 엄연한 명제는 사람들 심중에 어떤 반응을 남길까. 모든 것들이 시간속에서 항상성(恒常性, homeostasis)을 유지하는 기간보다 그걸 넘어서 변이된 형질과 상황으로 넘어가는 과정이 길고 드넓다. 그래서 그걸 바라는 마음에는 항시 변화된 존재의 차이와 간극을 회복하듯 쉼없이 바라보는 남다른 인식의 거울이 들어있다. 현재만을 비추는 듯하지만 그 인식의 거울은 현재의 즉물적인 상황에만 한정되지 않고 다양한 시간의 층위層位를 향해 눈길을 겨누고 또 가늠하고 있다.

기억은 그런 변화 속에 놓여진 인간의 숙명을 종합적

으로 바라보는 존재의 일종의 굴착기掘鑿機와도 같다. 특히나 시인에게 있어 현재의 자기 위상을 가늠하는 기본적인 인식의 척도로 인상적인 기억을 굴착하는 남다른 의지와 그 언어가 완연하다.

최종월 시인에게 기억의 굴착이란 현재적 삶의 위상位相을 정립하는 정서적 결기이며 과거와 미래를 일관된 서정적 혹은 존재론적 층위에서 올곧게 재정립하는 시인된 소명이자 자세와도 연결된다. 자아ego가 오롯이 결정結晶되는 인상적인 언어들은 화자話者에게 있어 사물과 풍경의 인상적인 감응response으로 줄곧 발현되는 계기를 갖는다.

> 명륜 3가 골목에 그림자 하나 지나갑니다
> 발소리가 없습니다
> 큼직한 가방이 야윈 어깨에 매달렸습니다
> 터줏대감 인쇄소 낮은 지붕을 밟는 달빛
> 발소리가 없습니다
> 대문 옆 흰둥이도 냄새 알고 눈만 멀뚱거립니다
> 키 낮은 그림자 따라온 달도
> 불 밝힌 교회 빈 뜰에서 기도 중입니다
> 뜰로 나온 그림자들 하나둘 골목으로 사라지고
> 교회당 불 꺼진 지 오래되었습니다
> 낮은 그림자는 보이지 않습니다
> 졸린 눈 비비던 달빛도 돌아간 후
> 교회 문은 소리 없이 열립니다
> 키가 더 낮아졌습니다

새벽빛이 귓속말 옹알대며 현관까지 동행합니다
발소리가 없습니다
성경 가방 메고 새벽 골목 지나가던 그림자
이젠 보이지 않습니다
오래되었습니다
달빛만 심드렁히 골목을 서성이고 있습니다
　－「어머니의 골목」 전문

　새벽이라는 시간의 분위기를 '명륜 3가 골목'과 '인쇄소 낮은 지붕'과 동네 '교회'와 다시 '달빛만 심드렁히 (있는) 골목'을 통해 인상적인 감응으로 재현하면서 그 적조한 풍경의 일단을 화자 자신의 심정적 풍경으로 환치시키는 묘미를 적절하게 돋아낸다. 무엇보다 활유적活喩的인 비유를 자연스레 대입시킴으로써 풍경의 현황과 그 속에 내재하는 화자의 인상적인 정감들이 서로 갈마드는 지점을 인상적으로 확보해낸다. 특히나 '인쇄소 낮은 지붕을 밟는 달빛/ 발소리가 없'다는 감각적인 응시gaze는 흥미로운 표현의 세공細工이 아닐 수 없다. 시야에 있는 대상의 인상적인 국면을 묘파해내는 것도 시인의 장기 중의 하나지만 시야에서 없는 것을 그 자체로 '없는 것으로서의 있음'을 밝혀내는 국면은 시인의 남다른 눈썰미가 작용한 결과라 할 수 있다. 있는 것과 없는 것이 거의 동등한 생동生動의 표현력을 가지며 서로 대비적인 시적 정황을 교직해 낸다. 이는 옛 기억의 인상적인 굴착이라는 기본 명제를 실천하는 화자의 입장에서 시간의 흐름은 곧 존재의 흐름과 길항拮抗하는 관계임을 짐작하게 한다. 즉 시간의 파괴력을 불가항력으로만 치부하지 않고 그걸 나름의 시적 에스프리로 간파하고 변주해 내는 시적 응전이 최종월에게는 더 견고한 눈길과 완미完味한 서정으로 충만해 있다.

과거의 어느 시점, 과거의 어느 인상적 경험의 공간을 총괄하면서 그것이 단순히 추억의 부유물만이 아니라 현재적 존재인 시인을 여러 요인要因으로 현재까지 '동행'하게 된 매개물媒介物임을 유추하게 된다. 이는 과거와 현재의 단선적 관계를 넘어서 항차 미래를 음양으로 선도先導할 지적이면서 정서적인 복합물complex로 작용하게 한다. 화자의 이런 기억의 인상적인 굴착의 자세는 여러 측면에서 공고하고 충만한 서정적 의지를 두텁게 드러낸다.

백색 대리석에 정을 박는다

투명해도 존재하고 있는
투명해도 정수리 잎을 스치고 있는
투명해도 멀리서 서로를 생각하는 시공간 같은

냉각된 수천 년 전의 마그마가 깨어진다
부서져야 비로소 나타나는 형상
조각정을 메로 내리친다

자음과 모음이 튀어오른다
대리석은 단단하고 그 안에서 발효된

말들이 모습을 드러낸다
다비드가 걸어나온다

피에타. 세상에서 제일 큰 슬픔이 완성된다
깨어진 대리석이 토해내는 탄성이다

벽에 정을 박는다

벽지 너머 콘크리트 벽
내벽과 외벽 사이
공간을 메꾸고 있는 적막
적막을 채우고 있는 어둠

어둠을 캔다

머지않은 날
지각변동이 일어날 테고
다시 냉각의 시간이 무량하게 쌓일 거다
　　　　　　　　　　　　　—「석공」 전문

　시지푸스의 운명적인 사투의 저항처럼 시인도 자신의 경험과 기억의 광맥을 향한 굴착은 '석공石工'이라는 장인과 그 직업세계를 통해 유비적類比的으로 활성화된다. 그 굴착의 대상은 유형有形의 것도 있지만 눈에 보이지 않는 무형無形의 것들도 늘 상존한다. '투명해도 존재'하는 것들과 '투명해도 멀리서 서로를 생각하는 시공간'을 향한 최종월의 열린 시야는 자신의 언어적 굴착의 행위가 어느 새 '발효된/ 말들이 모습을 드러'내는 끌밋한 조각의 수준으로 향상되고 또 그만큼 지향성指向性을 갖는 매력과 공력을 지닌다. 그러나 이러한 최종월의 시적 굴착과 타공punching의 궁극적인 대상은 한 마디로 '어둠'이며 그녀의 시적 굴착의 행위는 '어둠을 캔다'라는 명제로 오롯하게 드러난다. 이 어둠은 단순한 시간적 흐름에 편승한 공간적 분위기에 한정하지 않고 화자가 겪어왔으며 또 겪고 있는 숱한 생의 우여곡절의 딜레마로 확장된 비유이다.

석공은 세상에 미만彌滿해 있는 편견과 고정관념의 시선을 불식시키고 그녀가 원하는 바의 에스프리esprit가 갈마든 기억과 경험을 '백색 대리석'의 시간으로부터 굴착해내는 일로부터 시작된다. 이는 불모의 시절과 상황 속에서 시인이 추구하는 바의 '다비드가 걸어나'오게 하고 '피에타'가 '세상에서 제일 큰 슬픔'의 미학美學으로 완성되도록 하는 지난한 응시의 언어를 발효시키는 함의含意를 지닌다. 그야말로 최종월에게 있어 시창작은 언어의 세공 이전에 단단한 정신의 근육과 감각의 유연성, 그리고 자신만의 예술적 눈썰미를 가지고 언어의 대리석을 부수고 깨며 조각의 심층부에 이르려는 존재의 몸부림인 듯 싶다. 시인의 이런 언어적 예술작업에 대한 비유적 정황과 대상으로서의「석공」은 적실한 비유이자 그 자체의 적확한 문학가적 삶의 전체를 아우르는 표본 같은 것이다. 이런 언어적 공력의 과정을 자칫 소홀히 여기는 시대에 최종월의 이런 치열한 문학적 소산所産에의 투명하도록 시린 응시는 시가 가닿아야 할 어떤 궁극의 극점極點 같은 것을 암시하기까지 한다.

2. 통증과 여정旅程

삶의 완성된 극점pole point의 도달이란 가능한 것일까. 이런 질문에는 흔히 삶의 목표라는 설정이 전제되어야 하지만 그런 목표의 실현 여부와 관계없이 삶의 진정한 완성은 늘 유보되고 지연되기 십상이다. 어쩌면 끝없이 이어지는 지리한 우여곡절의 전개와 쉽게 해소되지 않는 고통의 과정process만이 삶의 전부인양 반복되고 변주變奏되는 양상을 띠는 듯하다. 이런 삶의 연속성과 전체성에도 불구하고 최종월의 시가 보여주는 장점은 고통의 양상을 피하지 않고 응시하려는 그 올곧은 시선視線에서 시적 정황의 내막이 도드라진다는 점이다.

고통의 밤과 낮을 허무의 심연에만 두지 않고 올곧게 바라보려는 눈길에서 시인이 꿈꾸는 어떤 여백의 '지평선'이 '지워져 끝이 보이지 않'음에도 삶의 주변을 어른거린다. 시인은 보고 듣고 맛보고 감촉하며 오감五感 너머의 생의 골몰과 그 여백을 감지하려 한다.

소금블록 신고 행군 중이야. 밤을 만나기까지 더 걸어가야 해. 물기 한 방울까지 다 토해낸 소금은 정제되기까지 몇백 번 뒤집혔지 낮은 곳으로 흐르는 물처럼 등뼈가 내려앉고 있네. 사막의 지평선은 자꾸 지워져 끝이 보이지 않아. 바람을 삼키고 바람을 뱉으며 바람으로 되새김하며 걷는 거야. 이상하지. 그림자들은 누운 채 외길로 따라가고 있어. 어둠이 비처럼 내려 그림자를 재우면 소금블록 내려놓고 무릎을 꿇어야 해. 눈 뜨기 전 오늘 만든 외길은 지워질 거야. 마른 풀 먹고 두 줄의 눈썹을 감고 잠들어. 등뼈도 무릎도 아프지만 무릎 꿇는 일이 더 힘들어. 때로 사흘 밤낮을 잠들지 않고 걷지만 무릎 꿇는 일은 혼자 할 수 없는 일이야. 그림자 위에 엎드려 잠이 들지. 새벽이 되면 다시 무릎 세우고 넓은 발가락으로 외길을 만들 거야. 밤이면 지워지는 길을.

　－「낙타는 무릎을 꿇어야 잠들 수 있다」 전문

　팍팍하고 고된 삶의 반복과 여정journey이 당장의 어떤 보상이나 치유도 없이 계속된다. 이는 마치 소금 대상隊商의 낙타 등에 실린 소금을 통해서도 극한의 변신처럼 드러난다. 그럴 때 '소금은 정제되기까지 몇백 번 뒤집혔'다는 언술에서 지난한 고통의 수반을 암시한다. 또한 그런 소금 등짐을 진 낙타의 몸은 '낮은 곳으로 흐르는 물처럼 등뼈가 내려앉'고 만다는 고통의 현황을 고스란히 드러낸다. 고통의 현실을 받아안은 낙타의 등에 대한 표현이 자연의 비유를 통해 드러난다는 점이 아이러니하고 재밌다. 이러한 고통과 통증에 노출된 숨탄것들인 존재의 현황이 지닌 어려움은 여기서 그치지 않는다. 그 구체적인 극명함은 낙타가 쉬고자 하는 순간에도 역시 일어난다. 즉 휴식을 위해 '무릎을 꿇어야'하는데 낙타의 생체 구조상 '무릎 꿇는 일은 혼자 할 수 없는 일'이기 때문이다. 즉 다른 누군가의 조력이 필요한 휴식이다. 생체화生體化된 아이러니의 상황을 통해 최종월은 '바람을 삼키고 바람을 뱉으며 바람으로 되새김하며 걷는' 실존에 대해 극명하게 이야기하고자 한다. 이런 아이러니는 아프면서도 어딘가 아름답다.

외부의 섣부른 구원이나 해방의 기치가 당도하지 않는 보편의 우리네 삶의 진경眞境이 모래바람 속에 흐릿하게 그러나 너무나 또렷하니 드러난다. 그러나 무엇보다 그 풍진風塵을 시난고난 견뎌가는 진력 속에서 우리는 점차 알아가고 깨우쳐 간다. 통증이 우리를 깨어있게 한다는 것을 말이다. 여기엔 지식이 아닌 지혜가 갈마들 소지가 역력하며 영혼의 모음母音을 듣게 될 견자見者의 이미지가 어른거린다는 것을 말이다. 어쩌면 이런 인생의 견자들이란 고통을 기꺼이 감내하는 여행자들일 가능성이 농후하다.

붉은 길이 쟁반에 길게 드러눕는다 길의 끝에서 아스라이 길이 다시 일어서고 차마고도 자갈길 돌아가는 발굽에 길은 몸을 뒤척인다

낙타의 긴 속눈썹에 모래가 쌓인다 모래를 털어내지 못해 점점 깊어지는 눈빛

마지막 한 점, 꽃이 허공으로 몸을 던질 때 겹겹 걸어 잠근 방안에서 씨앗이 깜깜하게 여물고 대문밖에

는 천둥이 몇 차례 곤두박질쳤다

　과도를 쥐고 심호흡을 한다 붉은 길을 돌아가다가
잠시 멈추고 내려다본다 길은 그대로 벼랑이고 다시
일어서는 길

　속살이 창백하다
　ㅡ「껍질 깎는 동안」 전문

　고통의 여정은 유연하고 견고한 희망과 내부적으로 결
속돼 있지 않으면 허망한 출발로 그 완주를 담보할 수 없
고 처음부터 오락가락한다. 이 모종의 행려行旅가 완성
되고 완주되기 위한 과정 속에는 '낙타의 긴 속눈썹에 모
래가 쌓'이는 지난한 과정은 어쩌면 당연시 되고 그걸 견
뎌내는 내력耐力은 그 견딤의 주체에게 '모래를 털어내지
못해 점점 깊어지는 눈빛'으로서의 남다른 영성靈性을 부
여하는지도 모른다. 그런데 이 시편이 갖는 모종의 비유
적인 눈부심과 착안着眼의 장점은 일상적 사물과의 소소
한 경험을 인생 전체의 도정道程에 의연히 빗댈 줄 아는
시인 최종월의 눈썰미에서 비롯된다. 한마디로 웅숭깊
은 시선이라고 할 수 있다. 사과 깎은 일상의 행위가 이
시편에서 나름의 알레고리적인 인생의 전체성全體性을
슬며시 끌어와 대비시킴으로써 삶이라는 것이 웅숭깊고
돌올突兀해졌다. 즉 삶이란? 이라고 물을 때의 물음과 동
시에 그 대답이 동시적同時的으로 수행되는 시적 상황을
끌밋하게 연출하고 있는 것이다.

화자는 사과를 깎으면서 돋아난 사과껍질의 형상과 저 '차마고도茶馬古道 자갈길 돌아가는 발굽에 길은 몸을 뒤척'인다는 인상적인 장면을 연상적 이미지image로 아주 적합하게 연결시킴으로써 시적 확장의 분위기를 성공적으로 자아낸다. 뿐만 아니라 사과라는 개별적 사물의 자체에만 주목하지 않고 그것이 이뤄진 내력來歷으로까지 시선을 돌림으로써 사물의 태생과 완성이라는 연대기年代記에까지 주목하는 바가 여실하다. 이는 곧 객관적 사물로서의 사과뿐 아니라 시인이 바라보는 인생의 과정과 겹치는 비유적인 상관성을 획득하기에 이른다. 이는 '꽃이 허공으로 몸을 던질 때 겹겹 걸어 잠근 방안에서 씨앗이 깜깜하게 여물고 대문 밖에는 천둥이 몇 차례 곤두박질'치는 내력으로 그려지는 적확한 비유로서의 인생인 것이다. 안일하게 이뤄가는 존재의 실질적인 결실이 없다, 라는 인생의 아젠다agenda를 최종월의 웅숭깊은 눈길 속에서는 사과를 깎으면서 사물의 전생前生을 꿰뚫어보듯 적실하게 다가오는 것이다.

강바닥에서 건져 올린 소년이 내가 본 첫 주검이었다 절터로 올라가는 산 중턱 동굴에 엄마 여동생 소년이 살며 구걸하러 다녔다 아들보다 몸집 작은 엄마가 늘 앞장 섰다 송사리 떼처럼 아이들이 헤엄칠 때 "먹은 게 없으니 물에 들어가지 마라."소년은 엄마 손 뿌리치고 강으로 들어가 해 진 후에도 나오지 않았다

청년들이 강바닥을 뒤져 소년을 건져 올렸다 남색

교복 입은 나보다 서너 살 어린 소년의 때 절은 옷
만 돌 위에 오도카니 얹혀 있었다 옥수수 나눠 먹자
고 눈앞에 내민 엄마 손을 외면하던 아들이 벗어놓
은 컴컴한 옷

　한동안 해가 뱅그르 돌지 않았다 강은 고요했고 아
들 옷 속으로 들어간 엄마는 다시 나오지 않았다 마
을에서도 보이지 않았다
　－「해가 강을 건너는 중이다」 부분

　삶에는 숱한 죽음의 위험과 기적이 도사리고 있다. 외
부적인 것이든 내부적인 것이든 그 죽음은 고통의 최극
단에 다다른 결과일 수밖에 없다. '강바닥을 뒤져' 건져
올린 소년의 죽음은 시인에게 있어 생물학적인 죽음뿐
만 아니라 더 이상 인생의 서사敍事, 즉 그 생의 스토리텔
링이 그쳐버린 지경을 한정하기에 이른다. 그런데 시인
이란 존재는 이런 고통의 극점에 다다른 절멸의 생生을
복기하듯 인상적으로 묘파한다. 그럴 때 죽음은 다양한
스펙트럼을 갖는 삶의 또 다른 광선光線같은 것은 아닐까
여기게 된다. 즉 죽은 소년는 '옥수수 나눠 먹자고 눈앞
에 내민 엄마 손을 외면하던 아들이 벗어놓은 컴컴한 옷'
으로 극명한 인상을 산출하면서 그 죽음의 당사자인 아
들과 엄마 간의 암시적인 사후死後의 상황 등이 예고돼
있다.
　화자가 경험한 죽음의 사례들은 단순한 생물학적인 절
멸의 상태뿐만이 아니라 존재의 서사가 끊기면서 동시

에 극명한 존재의 스토리 라인이 출발하는 이중적인 의미의 산출인지도 모른다. 시인은 이런 기억 속의 죽음을 실존의 삶과 어느 정도 대비시킴으로써 존재의 의미와 그 심원한 활성活性에 다가가는 의미적인 행보를 하는 역할인지도 모른다.

둥근 톱날이 휘돌며 목질의 시간을 파고든다
겹겹 둘러친 원형의 장막이 걷히자
밀봉된 아버지의 연대기가 펼쳐진다
넓게 때로 좁게 속으로 흐르는 강
은밀한 바닥을 손으로 읽는다 쓰리다

흐르는 건 모두 부드러운 줄 알았다

중심으로 다가갈수록 어두워진다
십자 모양이 한가운데 깊이 파였다
틈새에 박힌 말씀이 새어나온다

아버지의 생生은 언제부터 금이 가기 시작했을까

동상으로 갈라진 발꿈치가 수피 가득 찍혔다

뿌리를 드러내야 하는 순간은 절망, 아니
완성이라고 부르고 싶어요

말발굽 소리 멈춘 먼바다

고요한 섬에 풀 먹는 소리 사각이고
　　아버지 굳어진 혀가 말씀을 시작하신다
　　―「상수리나무가 쓰러진 날」 부분

　언제까지나 정정할 줄 알았던 육친(肉親)의 쓰러짐은 화자에게 '언제부터 금이 가기 시작'한 아버지의 생(生)에 대한 성찰을 통해 인생 전체를 조감하는 시야를 확보하기에 이른다. 그런 아버지의 생은 '동상으로 갈라진 발꿈치가 수피 가득 찍'힌 노년의 시기이지만 그래서 '뿌리를 드러내야 하는 순간은 절망'일 수도 있다고 순간 생각하지만 이내 그걸 존재의 '완성이라고 부르고 싶'은 화자의 열망에 다다르기도 한다. 생물학적인 혹은 정신적인 특별한 한 존재의 완성이나 완수(完遂)는 세속적이고 자본주의적인 치부 같은 허명이나 물질의 소유에서만 기인하는 건 아니다. 오히려 당사자에게 닥친 고통의 현황과 어려움 속에서도 '말발굽 소리 멈춘 먼바다'처럼 진정한 인생의 한 국면(局面)을 적막하게 응시하는 순간에 발화하는 것일지도 모른다. 이렇듯 통증의 만연(滿衍)은 한 인생의 '상수리나무'를 쓰러뜨리기도 하지만 그를 통해 '아버지 굳어진 혀가 말씀을 시작하'는 것처럼 인생의 어록analects을 발견하는 시인의 눈길은 쓸쓸하면서도 쏠쏠하다.

　삶과 죽음의 경계랄까 점이지대에 놓인 인생의 황혼에서야 통증의 깊이를 통해 진정한 실존의 노래를 찾게 되는 아버지처럼 시인도 마찬가지로 절실한 자기만의 언어의 깊이를 체득하는 지경에 이른다. 삶이 시인에게 가르쳐준 것은 결코 죽음을 배제한 생기발랄한 모습만이 아니라 그 이면에 도사리고 겪게되는 고통의 현실을 통해서 더 확충되고 깊어지는 삶의 심연이다. 무엇보다 시인에게 중요하게 다가드는 대목은, 죽음이 경각頃角에 다다르거나 위급한 지경에 이르렀을 때 한순간 묘의妙意에 다다른 듯 뱉게되는 '노래'의 발견에 있다. 인생의 노래는 단숨에 재기발랄한 기지만으로 지어낼 수 있는 것은 아니다. 그것은 우여곡절이 많은 도도한 삶의 곡진한 지점을 통과한 사람만이 내뱉을 수 있는 인생의 찬가이거나 레퀴엠requiem일 수 있다. 그리고 그런 인생의 어록과 노래를 대신하는 이가 바로 그러한 삶의 국면을 면접한 경험치가 있는 시인인 것이다.

3. 고삐와 초대

풍경에 대한 구성진 언술을 통해 시가 시인 자신의 구구한 주장이나 발언 없이도 하나의 시경詩境에 다다른 경우가 종종 있다. 풍경은 화자에게 있어 단순한 외연外延의 공간만이 아니라 존재의 유의미한 내면적 현실을 대변하듯 구성하고 있다. 반대로 이런 풍경의 일상적인 특별함은 시인의 발화發話를 통해서 특별한 시적 의미의 자장磁場을 형성하기도 한다. 최종월의 눈썰미는 이런 일상적 시공간의 특별한 정경을 통해서 시적 의미를 산출하는데 능란하다.

구름이 무겁다 접은 우산을 철봉대처럼 움켜쥔 남

자가 구름 아래를 달린다 켜켜이 쌓인 시간을 등에
업고 휘청인다

호수 한 가운데 분수가 치솟고 아이가 박수를 친다
청둥오리가 매끄럽게 헤엄친다 공원과 호수는 둥글다
남자가 둥글게 달린다

탯줄이 잘려 나간 후 울었어요 탯줄은 잘라도 통증
이 없잖아요 왜 울었는지 모르겠어요 자동인가 봐요
지금도 울 때가 있어요 그럴 때도 자동이에요 엄마 자
궁에서 익숙해진 맥박소리가 멈출 때 저 호수보다 더
크게 입 벌리고 와락, 울어버렸어요 매달릴 고삐를 다
시 찾는 게 두려웠어요

고삐를 당긴다 '살아있음'에 대해 투명한 고삐를 걸
어놓고 구호에 맞춰 달린다 고무줄 당기듯 달리다 멈
추기를 되풀이한다

팽팽한 줄 당기다 야윈 다리가 흔들린다 머리에
얹힌 구름이 어두워진다

빗방울이 떨어진다 우산을 펼치고 원형의 공원을
빠져나간다 오늘은 무승부인가 등에 업힌 시간을 받
친 손아귀에 힘을 준다

비는 우산 처마 끝에서 추락 예행 연습이 한창이다
　－「고삐」전문

삶의 고삐를 쥐고 여러 시공간의 생명과 풍경과 상황을 이리저리 당겼다 풀었다 들여다보며 헤아리며 걸어가는 이가 시인이라면 최종월의 시적 포지션은 거기에 부합하는 위치에서 늘 현역現役이지 싶다. 그야말로 '살아있음'의 '팻말에 투명한 고삐'를 걸어두고 무엇인가에가 닿고 싶은 음전한 열망으로 '등에 업힌 시간을 받친 손아귀에 힘을' 쥐고 진솔한 언어의 영역을 의미있게 탐사한다. 그런 과정 속에서 '고무줄 당기듯 달리다 멈추기를 되풀이'하는 일상적인 움직임을 시적 탐색과 모색이라는 시인의 동선動線과 그 궤軌를 같이 하는 시적 분위기를 「고삐」는 연출한다.

일상의 어느 소소하지만 특별한 하루의 정경이 어쩌면 시인의 예사롭지 않은 눈길에 포착되면서 이것이 곧 일상과 시인의 삶과 동궤同軌를 이루고 있다는 특별함을 선사한다. 특히나 시편에서 '비는 우산 처마 끝에서 추락 예행 연습이 한창'임을 보아내는 눈길은, 자연 속에서의 비 내림이라는 강우降雨와 화자의 우산 끝자락에 맺혔다 다시 떨어질 '추락'의 뉘앙스로서의 강우를 비교적으로 보아내는 눈길은 풍경과 사물의 현상에 관심의 고삐를 쥐지 않고서는 도저히 드러날 수 없는 수일한 표현이다.

겨우내 난방을 하지 않은 방

불도 켜지 않은 방

상자 안 감자가 새끼를 낳았다

혹한의 어둠에서

어금니 물고 산고를 겪었다

도토리만한 새끼 감자가 뽀얗다

몸통 전체를 뒤덮은 골짝들

새끼 감자 손 꼭 잡고 매달린

별 하나

씨감자는 수유 중이다
  ―「수유」전문

　무엇보다 소소한 사물이나 풍경의 구석진 곳에 처한 상황을 흘리지 않고 꼼꼼하고 적실하게 보아내는 최종월의 시선은 생명에 대한 본원적인 아낌이나 사랑에 본능적으로 끌리고 천착한다. '혹한의 어둠에서/ 어금니 물고 산고를 겪었'을 겨울 감자의 내성耐性과 끈질긴 생명력에 남다른 관심과 애정을 드러내는 이 시편은 앞서 「낙타는 무릎을 꿇어야 잠들 수 있다」와 그 혹독한 배경이나 엄혹한 상황은 비슷하지만 화자의 좀 더 따스한 눈길과 감성적 정감으로 '씨감자' 하나의 우주적인 모성母性을 확장해 내는데 성공한다.

극한의 고통과 쉽게 끝나지 않는 지리한 통증의 여로를 견디고 통과하면서 '새끼 감자 손 꼭 잡고 매달린/ 별'을 확인하듯 보아내는 이 과정 자체가 숨탄것인 감자나 진솔한 시적 응시를 포기하지 않는 시인에게나 '별'이 돋는 일이 아닐까. 외계의 별이 아니라 고군분투의 사랑의 본성을 키워내는 그 마음자리에 돋는 별을 우리는 '수유授乳'라는 생명 연대와 그 내리사랑의 본원적인 내어줌 속에서 그윽이 확인하게 된다. 사랑의 우주적 기율은 이런 냉방에 유폐된 쪼글쪼글한 겨울 감자 한 알에서도 도드라진 바가 역력하다. 이런 어쩌면 자질구레한 것들에서 소상한 내력을 밝혀내는 최종월의 시적 눈매에서 디테일detail이 곧 시의 방편으로 가는 한 갈래길이다, 라는 일종의 어록의 한 마디를 얻게 된다.

> 이 땅에서의 삶은 꽤나 저렴해
>
> 살아가는 건 걸어가는 거다
> 햇살을 꼭 안아주는 거다
> 끊어진 통화
> 그 다음을 기쁘게 적어 보는 거다
>
> 지구의 봄날에 초대 받은 지금
> 경사진 풀밭에 주저앉아
> 엉덩이로 우주의 별 하나를 밀고 있다
> 만난 적 없는 행성의 먼 그대에게
> 초대장을 띄운다
> ─「초대 받은 날」 부분

숱한 기억의 명암明暗은 나름의 여사여사한 사연과 거기에 따른 곡진한 인생의 비하인드 스토리를 예시했으며 그걸 통해 시인은 성장하고 성찰하고 아파했으며 그 통증과 견딤을 통해 앞으로 나아갈 동력을 얻었는지도 모른다. 흔히 범박하게 인생사라고 했을 때 우리는 그걸 '끊어진 통화/ 그 다음을 기쁘게 적어 보는' 일에 다름 아닌지도 모른다. 우울하고 적막하며 불우한 일들이 누구에게나 크고 작게 닥쳤지만 '그 다음을 기쁘게' 예감하는 일은 단순한 바람을 넘어서 시인의 도저한 생의 긍정肯定을 통해서만 가능해진다. 애써 그런 긍정의 시도를 세상을 향해 열어두는 일의 종요로움을 이제 시인은 '초대'라는 언어를 통해 폭넓게 섭외하려 하고 있는지도 모른다.

무참한 일들이 있었고 우리는 이 지구촌 크고 작은 비극의 딜레마를 아우르고 다독이면서 '지구의 봄날에 초대 받은' 바로 여기의 '지금'이라는 시간을 그 자체로 끌밋한 초대로 여겨야 하는지도 모른다. 최종월의 시는 몸소 겪은 삶의 풍경과 내밀한 응시의 내면을 예시하지만 그 안에 폭넓고 깊게 사랑으로 가자는 그 눈길의 시어들로 하나의 초대의 성찬을 이루고 있다. 그의 시를 읽는 순간 '경사진 풀밭에 주저앉아/ 엉덩이로 우주의 별 하나를 밀고 있'다는 느낌과 모종의 예감이 들 거라는 믿음은 그 자체로 행복에의 초대이지 싶다.

시詩라는 언어의 고삐를 삶의 주변과 내면에 연결하고 관심의 고삐줄을 풀다 당기면서 시인은 세상과 동시에 자신을 향해 '초대장을 띄'우는지도 모른다. 곡진한 삶은 고통의 외면으로부터 오지 않고 그걸 감내하는 진

실의 고삐를 놓치지 않는데 있다고 시인이 말한다. 그야
말로 그대 누구라도 초대하고 싶은 날이고 그 누구에게
든 초대 받고 싶을 날이다. 어쩌랴, 시라는 것이 그 시인
의 곡진한 언어로의 한바탕 초대가 아니고 무엇이랴.

최종월

최종월 시인은 강원도 태백에서 태어났고, 중앙대학교 문예창작학과를 졸업했다. 시집으로는 『반쪽만 닮은 나무 읽기』와 『사막의 물은 숨어서 흐른다』와 『쟁이 던지는 당신에게』가 있고, '김포문학상 대상', '경기 예술인상', '계간문예 작가상', '청록문학상' 등을 수상했다.

최종월 시인의 시집 『나무는 발바닥을 보여주지 않는다』는 그의 네 번째 시집이며, 그가 몸소 겪은 삶의 풍경과 내밀한 응시의 내면을 예시하지만 그 안에 폭넓고 깊게 사랑으로 가자는 그 눈길의 시어들로 하나의 초대의 성찬을 이루고 있다. 시詩라는 언어의 고삐를 삶의 주변과 내면에 연결하고 관심의 고삐줄을 풀었다 당기면서 시인은 세상과 동시에 자신을 향해 '초대장을 띄'우는지도 모른다.

이메일 : bellmoon47@hanmail.net

최종월 시집

나무는 발바닥을 보여주지 않는다

발   행 2022년 8월 20일
지 은 이 최종월
펴 낸 이 반송림
편집디자인 반송림
펴 낸 곳 도서출판 지혜
주   소 34624 대전광역시 동구 태전로 57, 2층 도서출판 지혜 (삼성동)
전   화 042-625-1140
팩   스 042-627-1140
전자우편 ejisarang@hanmail.net
애지카페 cafe.daum.net/ejiliterature

ISBN : 979-11-5728-483-2 03810
값 10,000원

김포문화재단
Gimpo Cultural Foundation

* 이 책은 (재)김포문화재단 2022 김포예술활동 지원사업으로 선정되어 발간되었습니다